Barbapapa

Barbamama

Barbidou

Barbibul

Barbalala

Les Livres du Dragon d'Or
60 rue Mazarine, 75006 Paris.
Copyright © 1974, 2006 Annette Tison, tous droits réservés.
Loi n° 49-956 du 16 juillet 1949 sur les publications destinées à la jeunesse.
ISBN 978-2-87881-328-9. Dépôt légal: mars 2007.
Imprimé en Italie.

20 19 18 17 16 15 14 13 12 11 10

BARBAPAPA

Le Cheval

Annette Tison & Talus Taylor

LES LIVRES DU DRAGON D'OR

Le cheval de Barbidou a mal au sabot;
il a besoin d'un nouveau fer.
Barbidou et Barbidur
emmènent le cheval et l'âne
chez le forgeron.

Malheureusement celui-ci est malade et sa femme
ne peut s'occuper des nouveaux clients.

« Ça ne fait rien » dit Barbidur,
« prêtez-moi vos outils,
je me charge du reste ! »

Mais la force ne saurait remplacer la technique...

Le cheval n'apprécie pas du tout le traitement
et exprime violemment son désaccord.
La femme du forgeron n'a plus du tout envie de prêter la forge.
Heureusement Barbapapa et Barbamama passaient par là...

Ils rentrent tous à la maison.

De cette façon le cheval et l'âne
n'auront pas mal aux sabots.

Les Barbapapas improvisent
les outils qui leur manquent.

Barbidur va battre le fer
chauffé à blanc.
Barbamama préfère qu'il utilise
une vraie enclume !

15

Barbouille nettoie le sabot avant d'appliquer le fer.

Barbotine place les clous dans le fer...
C'est une opération délicate.

Mission accomplie ! Chacun se congratule.

Grisé par son succès Barbidur propose de ferrer la vache...

Ferrer une vache!

Tout le monde se moque du pauvre Barbidur...